Selección de **Patricia Aldana**
Ilustración de **Amelia Lau Carling**
Traducción de **Hugh Hazelton**

Selected by **Patricia Aldana**
Illustrated by **Amelia Lau Carling**
Translated by **Hugh Hazelton**

Published in Spanish and English in 2021 by Groundwood Books
Text copyright © 2002, 2006, 2013 by Humberto Ak'abal
Illustrations copyright © 2006, 2013, 2021 by Amelia Lau Carling
English translation of poems copyright © 2021 by Hugh Hazelton
Spanish translation of introduction, back matter and jacket text
copyright © 2021 by María Francisca Mayobre

Groundwood Books / House of Anansi Press
groundwoodbooks.com

We gratefully acknowledge the Government of Canada for its
financial support of our publishing program.

With the participation of the Government of Canada
Avec la participation du gouvernement du Canada | Canadä

Groundwood Books respectfully acknowledges that the land on
which we operate is the Traditional Territory of many Nations,
including the Anishnabeg, the Wendat and the Haudenosaunee.
It is also the Treaty Lands of the Mississaugas of the Credit.

Library and Archives Canada Cataloguing in Publication
Title: Aquí era el paraíso : selección de poemas de Humberto
Ak'abal / selección de Patricia Aldana; ilustración de Amelia
Lau Carling; traducción de Hugh Hazelton = Here was para-
dise : selected poems of Humberto Ak'abal / selected by Patricia
Aldana ; illustrated by Amelia Lau Carling ; translated by Hugh
Hazelton. Other titles: Here was paradise
Names: Ak'abal, Humberto, author. | container of (work)
Ak'abal, Humberto. Poems. Selections (2021) | container of
(expression) Ak'abal, Humberto, Poems. Selections (2021).
English. | Carling, Amelia Lau, illustrator. | Hazelton, Hugh,
translator. | Aldana, Patricia, editor.
Description: Poems in Spanish and English on facing pages.
Identifiers: Canadiana (print) 20200394304 | Canadiana
(ebook) 20200394312 | ISBN 9781773064956 (hardcover) | ISBN
9781773064963 (EPUB) | ISBN 9781773064970 (Kindle)
Classification: LCC PQ7499.2.A36 A2 2021 | DDC j861/.64—
dc23

The illustrations were rendered in mixed media.
Edited by Patricia Aldana
Designed by Michael Solomon
Printed and bound in China

Patricia Aldana agradece a Irene Piedra Santa y a la Editorial
Piedra Santa por sus maravillosos libros de Humberto Ak'abal:
Entre patojos (2002), selección de poesía de Humberto Ak'abal,
y *Otras veces soy jaguar* (2006) y *De puro pueblo* (2013), ilustrados
por Amelia Lau Carling.

Patricia Aldana would like to thank Irene Piedra Santa and
Editorial Piedra Santa for their wonderful books *Entre patojos*
(2002), a selection of Humberto Ak'abal's poetry, and *Otras
veces soy jaguar* (2006) and *De puro pueblo* (2013) by Humberto
Ak'abal and illustrated by Amelia Lau Carling.

FSC
www.fsc.org
MIX
Paper from
responsible sources
FSC® C012700

Aquí era el paraíso

Selección de poemas de

Humberto Ak'abal

Here Was Paradise

Selected Poems of

Humberto Ak'abal

Groundwood Books
House of Anansi Press
Toronto / Berkeley

Nacimiento

Los poetas nacemos viejos:

con el paso de los años
nos vamos haciendo niños.

—Humberto Ak'abal

Birth

We poets are born old:

as the years pass
we turn ever more into children.

—Humberto Ak'abal

TABLA DE CONTENIDO

TABLE OF CONTENTS

Aquí era el paraíso / Here Was Paradise es una selección de poemas escritos por el gran poeta Humberto Ak'abal. Los poemas describen el mundo de su infancia en la aldea maya k'iche' de Momostenango, Guatemala, y en sus alrededores; también hablan de su rol como poeta del lugar.

Ak'abal escribió para adultos, pero su magistral sencillez hace que sus poemas sean accesibles a lectores de todas las edades. En este libro encontramos poemas sobre niños, abuelos, madres, animales, fantasmas, amores frustrados, sembradíos, lluvias, poesía, pobreza y muerte.

Ak'abal nunca dijo que la vida en su mundo era fácil. La historia de Guatemala es compleja. Tiene el porcentaje de población indígena más alta de cualquier país de las Américas. Y, además, el pueblo maya ha sufrido una terrible discriminación, violencia y pobreza desde la llegada de los europeos. Sin embargo, los poemas de Ak'abal transmiten cómo, también, todos los elementos de su mundo se unen para crear una realidad rica y profunda.

Ak'abal es reconocido mundialmente como uno de los grandes poetas contemporáneos de la lengua hispana y uno de los más grandes poetas indígenas de América. De hecho, Ak'abal decía que creaba y escribía sus poemas primero en k'iche', y luego los traducía al español. En un articulo inédito revisado por última vez en 2011, Ak'abal escribió sus ideas sobre lo que es ser maya y lo que él esperaba que eso pudiera significar, poniendo en contexto su particular forma de usar el termino peyorativo de indio.

Dijo:

Estamos orgullosos de ser quienes somos, sin hacer necesariamente un escándalo, porque llevamos nuestros idiomas (mayas) dentro de

Aquí era el paraíso / Here Was Paradise is a selection of poems written by the great poet Humberto Ak'abal. They describe the world of his childhood in and around the Maya K'iche' village of Momostenango, Guatemala, and also talk about his own role as a poet of the place.

Ak'abal wrote for adults, but his masterful simplicity makes the poems accessible to readers of all ages. In this book we find poems about children, and grandfathers, and mothers, and animals, and ghosts, and thwarted love, and fields, and rains, and poetry, and poverty, and death.

Ak'abal never pretended that life in his world was easy. The history of Guatemala is complex. It has the highest Indigenous population as a percentage of any country in the Americas. And Maya people have suffered terrible discrimination, violence and poverty since the arrival of the Europeans. But Ak'abal's poems convey how all his world's elements also came together to create a deep, rich reality.

Ak'abal is famous worldwide as one of the great contemporary poets in the Spanish language and one of the greatest Indigenous poets of the Americas. In fact, Ak'abal said that he created his poems first in K'iche', then translated them into Spanish. In an unpublished piece last revised in 2011, Ak'abal wrote about his ideas about being Maya and what he hoped it could mean, giving context to his use of the pejorative name of Indio.

He said,

We are proud of being who we are without necessarily making a fuss because we carry our (Maya) languages inside us. And unconsciously we grab onto them with a feeling of belonging and with ancestral pride, because we have been formed by and alongside them. Our commitment, according to my way of seeing things, is

nosotros. Inconscientemente nos aferramos a ellos con sentimiento de pertenencia y con orgullo ancestral, porque hemos sido formados por y junto a ellos. Nuestro compromiso, según mi forma de ver las cosas, es mantener nuestra relación espontánea con nuestra forma de ser, no olvidar la enseñanza de nuestros mayores; para mantener la vigencia de nuestros idiomas, para enriquecerlos, para usarlos sin miedo ni vergüenza; para profundizar nuestro bilingüismo; para volver a la enseñanza de las ciencias y las artes de nuestros antepasados sin perder el contacto con el presente; para llamarnos mayas contemporáneos con orgullo. Obviamente, estas ideas conducen a una discusión. Espero que así sea, para que no solo estemos repitiendo lo que se nos dice, sino que seamos actores y conocedores de nuestra identidad.*

La repentina muerte de Ak'abal fue una pérdida trágica para su familia y su pueblo, y también para Guatemala y para todos nosotros. Y hoy –después de treinta años de guerra, una paz incumplida, la vergonzosa y nefasta negligencia de los derechos de los pueblos indígenas por parte de los gobiernos de Guatemala y el resto del mundo y el impacto del desastroso cambio climático– el mundo de Ak'abal está en grave peligro.

Leer estos maravillosos poemas puede recordarnos que todavía es posible luchar para proteger este hermoso mundo y las personas que viven en él.

Patricia Aldana

*De: "¿Por qué indio, y no maya?", un texto inédito que se hizo público en una entrada de blog que acompañaba la publicación de *Testimonio de un indio k'iche'* por Editorial Sophos, Guatemala, 2020.

to maintain our spontaneous relationship to our way of being, not to forget the teaching of our elders; to maintain the validity of our languages, enrich them, use them without fear or shame; to deepen our bilingualism; to return to teaching ourselves the sciences and arts of our ancestors without losing contact with the present; to call ourselves contemporary Mayas with pride. These ideas obviously lead to discussion. I hope that will be, so that we aren't only repeating what is said to us but are actors and knowers of our identity.[†]

Ak'abal's sudden death was a tragic loss to his family and his people, but also to Guatemala, as well as the rest of us. And today — following thirty years of war, an unfulfilled peace, the shameful and disgraceful neglect of the rights of Indigenous Peoples by the governments of Guatemala and the rest of the world, and the impact of disastrous climate change — Ak'abal's world is in grave danger.

Reading these wonderful poems can remind us that it is still possible to fight to protect this beautiful world and the people who live in it and on it.

Patricia Aldana

[†]From "¿Por qué indio, y no maya?", an unpublished text that was made public in a blog post accompanying the publication of *Testimonio de un indio k'iche'* by Editorial Sophos, Guatemala, 2020.

El poeta y su mundo

The Poet and His World

Al despertar

Un día
el Creador me vio solo,
muy solo.

Me hizo dormir,
me hizo soñar
bajo una mata de milpa

y me arrancó una costilla…

Al despertar,
frente a mí

—rechula,
desnuda,
de barro y de maíz,
con olor a monte—

mi poesía.

When I Woke Up

One day
the Creator saw I was alone,
very alone.

He put me to sleep,
made me dream
beneath a field of corn

and pulled out a rib…

When I woke up,
in front of me

—so pretty,
naked,
made of mud and corn,
with the smell of the woodlands—

my poetry.

Jaguar

Otras veces soy jaguar,
corro por barrancos,
salto sobre peñascos,
trepo montañas.

Miro más allá del cielo,
más allá del agua,
más allá de la tierra.

Platico con el sol,
juego con la luna,
arranco estrellas
y las pego a mi cuerpo.

Mientras muevo la cola,
me echo sobre el pasto
con la lengua de fuera.

Jaguar

Other times I'm a jaguar,
I run through ravines,
jump over peaks,
climb mountains.

I look beyond the sky,
beyond the water,
beyond the earth.

I talk with the sun,
play with the moon,
I pluck stars
and stick them on my body.

As I move my tail,
I sprawl on the grass
with my tongue hanging out.

Caminante

Caminé toda la noche
buscando mi sombra.

—Se había revuelto
con la oscuridad.

Utiwwwwww…
un coyote.

Yo caminaba.

Tu tu tucuuurrr…
un tecolote.

Yo seguía caminando.

Sotz', sotz', sotz'…
un murciélago mascándole
la oreja a algún cochito.

Hasta que amaneció.

Mi sombra era tan larga
que tapaba el camino.

Walker

I walked all night
in search of my shadow.

It had returned
with the darkness.

Utiwwwwww...
a coyote.

I walked on.

Tu tu tucuuurrr...
an owl.

I kept on walking.

Sotz', sotz', sotz'...
a bat chewing on
some little pig's ear.

Until dawn.

My shadow was so long
that it covered the path.

Contento

Amanecí contento,
con el pelo enredado.

Un pájaro hizo su nido
sobre mi cabeza
y empolló sus huevitos.

Hoy
sus pichones
amanecieron cantando.

Estoy contento.

Happy

I woke up happy,
with my hair tangled up.

A bird made its nest
on my head
and brooded its little eggs.

Today
its chicks
woke up singing.

I'm happy.

Sal Chile

Las mañanas en el pueblo
Village Mornings

El pueblo

Mi pueblo es grande.

Hay que restregarse
la tierra entre las manos,

sentirse árbol entre sus bosques,

reverenciar sus rituales…

corretear como ardillas
por sus caminos y veredas
para sentir el sabor,
la sencillez de su grandeza.

The Village

My village is big.

You've got to rub the earth
hard between your hands,

feel you're a tree among its woods,

revere its rituals…

run after squirrels
along its roads and paths
to feel the taste,
the simplicity of its grandeur.

El sol

El sol
se mete
entre las tejas

con esa terquedad
de mirar
qué hay
dentro de nuestras casitas

y se pone pálido
al ver
que con su luz
es más clara
nuestra pobreza.

The Sun

The sun
gets in
between the roof tiles

with that stubborn
wish to see
what there is
inside our little houses

and turns pale
when it sees
that our poverty
is clearer
in its light.

Al amanecer

Al amanecer
guardamos la noche
en ollas viejas
debajo de piedras
y en los tapancos.

At Dawn

At dawn
we put away the night
in old pots
under stones
and in lofts.

Cuando yo estaba

"Cuando yo estaba embarazada,
esperándote,
sentía muchas ganas
de comer tierra;
arrancaba pedacitos
de adobe
y me los comía".

Esta confesión de mi madre
me desgarró el corazón.

Mamé leche de barro,
por eso mi piel
es de color tierra.

When I Was

"When I was pregnant,
expecting you,
I felt a great urge
to eat earth;
I pulled off bits
of adobe
and ate them up."

My mother's confession
broke my heart.

I suckled milk of mud,
that's why my skin
is the color of earth.

Sentados sobre un petate

Sentados sobre un petate
en el suelo de la cocina
comíamos tamalitos con sal
y bebíamos café caliente;

con nosotros, las gallinas,
los perros y un marrano.

Sitting on a Grass Mat

Sitting on a grass mat
on the kitchen floor
we would eat small tamales with salt
and drink hot coffee;

with us, the hens,
the dogs and a pig.

Éramos diez

Éramos diez,
todos chiquitos.

Íbamos a bañarnos
a los baños de Payaxú.

Salíamos de la casa
de madrugada
y regresábamos a mediodía.

Mi mamá iba adelante:
nosotros parecíamos pollitos
detrás de ella.

There Were Ten of Us

There were ten of us,
all little kids.

We used to go bathe
in the hot springs at Payaxú.

We would leave the house
at dawn
and come back at noon.

My mother would take the lead:
we looked like little chicks
behind her.

Canto

El abuelo, de la mano,
lleva a su nieto
a saludar a los árboles,
a platicar con ellos,
a acariciar su piel,
a oler sus hojas…

Y los árboles
cantan sus nombres.

Song

The grandfather, hand in hand,
takes his grandson out
to greet the trees,
talk with them,
stroke their skin,
smell their leaves…

And the trees
sing their names.

Abuelo

La calle muda,
el viento fresco.

El viejo de noventa años
recostado
sobre la baranda
del puente de piedra
mirando al río,
o el río
viéndolo a él.

Bajo de estatura,
recio de personalidad,
mirada gris,
voz k'iche'.

Bastión de la casa,
bastión del pueblo.

Grandfather

The silent street,
fresh wind.

The ninety-year-old man
leaning
on the railing
of the stone bridge
looking at the river,
or the river
looking at him.

Short of stature,
strong of personality,
gray look,
K'iche' voice.

Bastion of the house,
bastion of the village.

Años

El abuelo
camina con mis pies,
ve con mis ojos,
se recuesta sobre mis hombros;

cómo pesan sus años.

Years

The grandfather
walks with my feet,
sees with my eyes,
lies back on my shoulders;

how heavy are his years.

Amor
Love

Camisa verde

Me puse
aquella camisa verde,
era un poco vieja.

Y el pantalón,
bueno, el pantalón
tenía algunos remiendos,
pero estaba limpio.

Me paré
debajo de aquel ciprés
donde tienen su nido
los tecolotes grises.

Apareciste
en la curva del camino
y pasaste delante de mí
como si yo hubiera sido
un tecolote más.

Green Shirt

I put on
that green shirt,
it was a little old.

And the pants,
well, my pants
had a few patches,
but were clean.

I stopped
under that cypress
where the gray owls
have their nest.

You appeared
around the curve in the road
and went by in front of me
as if I were
just another owl.

Le dijo no

Ella le dijo no

Tristísima tarde nublada,
el viento aporreaba de frío.

La vio por última vez:
pelo color sanate
brasa de encina en su boca,
pot color de fuego,
enagua como la noche.

Su corazón quedó
como jarrito quebrado.

She Told Him No

She told him no.

That sorrowful
cloudy afternoon,
the wind pounded with cold.

He saw her for the last time:
her hair the color of blackbird,
hot oak coals in her mouth,
huipil the color of fire,
petticoat like the night.

His heart was left
like a little broken jug.

Pájaros
Birds

Cantos de pájaros / Bird Songs

Klis, klis, klis…
Ch'ok, ch'ok, ch'ok…
Tz'unun, tz'unun, tz'unun…
B'uqpurix, b'uqpurix, b'uqpurix…
Wiswil, wiswil, wiswil…
Tulul, tulul, tulul…
K'urupup, k'urupup, k'urupup…
Chowix, chowix, chowix…
Tuktuk, tuktuk, tuktuk…
Xar, xar, xar…
Tukur, tukur, tukur…
K'up, k'up, k'up…
Saq'k'or, saq'k'or, saq'k'or…
Ch'ik, ch'ik, ch'ik…
Tukumux, tukumux, tukumux…
Xperpuaq, xperpuaq, xperpuaq…
Tz'ikin, tz'ikin, tz'ikin…
Kukuw, kukuw, kukuw…
Ch'iuwit, ch'iuwit, ch'iuwit…
Tli, tli, tli…
Ch'er, ch'er, ch'er…
Si–si–si–si–si–si–si–si…
Ch'ar, ch'ar, ch'ar…

Cuando el tecolote canta

Nació antes que el pueblo,
así tenía que ser.

Cada vez que canta
¡es seguro!

Los chuchos aúllan,
la luna se apaga.
¡Hasta el aire siente miedo!

Cuando él muere
nadie le canta.

When the Owl Sings

It was born before the village,
that's how it had to be.

Every time it sings
there's no mistake!

The street dogs howl,
the moon goes dark.
Even the air feels afraid!

When it dies
no one sings to it.

Pico cerrado

El tecolote cantaba,
la luna no podía dormir.

El viento le cerró el pico
y la noche
se comió al pájaro.

Beak Closed

The owl sang,
the moon couldn't sleep.

The wind closed its beak
and the night
ate up the bird.

Zopilote

Zopilote:
cajón de muerto,
tumba volante,
solo te falta cargar un epitafio.

Buzzard

Buzzard:
casket of the dead,
flying tomb,
all you need is to carry an epitaph.

Clarinero

Azulado clarinero
¡qué lustre te ha echado el sol!

Saltando y volando
a ras de rastrojos,
a ras de surcos.

¡Cuánto grano caído
para tu cosecha!

Tapixquero.

Grano caído, granito recogido,
qué matate ni qué morral…

¡Al buche!

Bugler

Blue bugler
what a shine the sun has thrown you!

Jumping and flying
level with the field's stubble,
level with the furrows.

How much fallen grain
for your harvest!

Harvester.

A fallen grain, a grain picked up,
forget the canvas sack and shoulder bag…

Eat 'em up!

Insectos

Bugs

Las abejas

Abejas,
comadres de las flores,
apenas amanece
zumban al visitarlas
—hablan dulzuras—.

Caminan
calzadas de polen.

Solo se toman tiempo
para soltar una cagadita
y vuelven a platicar.

The Bees

Bees,
godmothers of the flowers,
as soon as it's daybreak
they buzz out to visit them
—saying sweet things.

They walk about
in shoes of pollen.

They only take a moment
to drop a tiny poop
before chatting again.

Hormigas

Y las hormigas
siempre apuradas,
acarreando víveres
van y vienen en hileras,
cada una cargando su tanatío.

Ants

And the ants
always in a hurry,
carrying provisions
they come and go in files,
each bearing its own tiny bundle.

Luciérnagas

Luciérnagas
son estrellas que bajaron del cielo,
y las estrellas son luciérnagas
que no pudieron bajar.

Apagan y encienden sus ocotíos
para que les duren toda la noche.

Fireflies

Fireflies
are stars that came down from the sky,
and stars are fireflies
that couldn't come down.

They put out and light up their little pine torches
so they'll last the night long.

Xi'r

Xi'r xi'r xi'r…
la tembladera del grillo.

Xi'r xi'r xi'r…
sigue y sigue sin parar

¡y a saber cuándo termina!
Al despertarme yo lo miro.

¡El mentado grillo
ya se ha dormido!

Xi'r

Xi'r xi'r xi'r…
the trembling of the cricket.

Xi'r xi'r xi'r…
it goes on and on without stopping

and who knows when it will end!
When I wake up I look at it.

The same cricket
has now gone to sleep!

Grillos

Los grillos
son los músicos más inútiles:
desde antes, mucho antes,
vienen repitiendo la misma nota
y noche a noche
dale que dale con la rascadera.

Crickets

Crickets
are the most useless musicians:
since a time long past, very long ago,
they've kept repeating the same note
and night after night
they go at it and at it with the scraper.

Rumbo al monte
To the Hills

Tapixca

Caminemos,
entremos,
es el templo natural del maíz.

Los pies calzados de lodo
¡no hay reverencia mayor!

Matas de milpa,
risas de mazorcas.

Recojamos en matates,
llenemos redes,
el mulco se recoge en morrales.

Sanates juegan,
chocoyos parlan,
tan negros y tan verdes.

Xalolilo, xalolilo, lelele', lelele'…
Desde el tapexco se desgrana
el último canto
del cuidador maicero;
la tapixca termina.

Levantémonos sobre nuestros pies
y sigamos caminando.

Corn Harvest

Let's walk,
come in,
it's the natural temple of corn.

Our feet covered with mud
there's no greater reverence!

Thickets of corn,
corn ears' laughter.

Let's harvest them in canvas sacks,
fill up nets,
the smaller ears go in shoulder bags.

Blackbirds play,
parakeets chatter,
so black and so green.

Xalolilo, xalolilo, lelele', lelele'…
From the mat inside the house
the cornfield keeper's last song
peels the kernels off the cob;
the harvest is over.

Let's get up on our feet
and keep walking.

El cuidador

Les tira puños de tierra
o bodoques de lodo
con su honda de pita.

Cuidador de milpa,
arreador de chocoyos,
espantador de xaras y sanates.

Sencillo
como saltito de chowix,
callado
como nudo de rastrojo,
humilde
como agua de riachuelo…

Y sus piecitos
embarrados
de tanto corretear
por los surcos.

The Keeper

He throws handfuls of earth
or shoots lumps of mud at them
with his agave slingshot.

The cornfield keeper,
muleteer of parakeets,
scaring off magpies
and blackbirds.

Natural
as the little jump of the chowix,
quiet
as a knot of stubble,
humble
as the water of a stream…

And his small feet
covered with mud
from running so much
through the furrows.

En el monte

Venados, conejos,
quetzales, palomas,
bejucos, flores y arbolitos.

Ponchos de pura lana de chivo.
Tejidos momostecos.

Soñar envueltos en ellos

es como si te durmieras
en el monte.

In the Woodlands

Deer, rabbits,
quetzals, doves,
lianas, flowers and low trees.

Ponchos of pure goat's wool.
Woven in Momostenango.

Dreaming wrapped in them

is as if you were falling asleep
in the woodlands.

De lejos y de cerca

De lejos,
la voz de las montañas
es azul.

De cerca,
es verde.

From Far and Near

From afar,
the voice of the mountains
is blue.

From close up,
it's green.

El aire

El aire baila,
extiende sus alas y da vueltas.

El aire es un pájaro grande,
vuela alto
arriba del cielo;
por eso
solo sentimos el soplido de sus alas.

The Air

The air dances,
spreads its wings and circles round.

The air is a great bird,
it flies high
above the sky;
which is why
we only feel the puff of its wings.

Agua
Water

Primeros aguaceros

Mi mamá mandó a decirme
que los primeros aguaceros
están llegando al pueblo.

Que la luna
ya está sazona.

Que la tierra
ya huele a madre.

Que es tiempo
para que vaya
y siembre el maíz.

Que eso no me llevaría
más de dos o tres días.

Pues los terrenos
que dejó mi padre
no son sino

unos cuantos surcos.

First Downpours

My mother sent word
that the first downpours
are arriving in the village.

That the full moon
is beginning to ripen.

That the earth
already smells of mother.

That it's time
to go out
and plant corn.

That this won't take me
more than two or three days.

The plots of land
my father left
are only

a few furrows.

La lluvia

Ayer encontré a una nube llorando.

Me contó que había llevado su agua
a la ciudad
y se perdió.

Buscó paisajes
y la ciudad se los había tragado.

Descalza, triste y sola
regresó.

Volvió a llover en el campo;
xaras y sanates
hicieron fiesta.

Y cantaron los sapos.

The Rain

Yesterday I came across a weeping cloud.

It told me it had taken its water
to the city
and got lost.

It looked for landscapes
and the city had swallowed them all.

Barefoot, sad and alone
it had gone home.

The rain returned to the countryside;
magpies and blackbirds
celebrated.

And the toads sang.

Relámpago

A veces
el cielo se asusta
de tanta oscuridad.

Un relampagazo
para ver si estamos
aquí abajo.

Para su sorpresa,
acá estamos
confiados
en que el cielo
sigue arriba.

Lightning

Sometimes
the sky frightens itself
with so much darkness.

A lightning bolt
to see if we're
down here.

To its surprise,
we're still here
confident
that the sky
is still up there.

Piedras

No es que las piedras sean mudas:
solo guardan silencio.

Stones

It's not that the stones are mute:
they just keep silent.

Peñascos

Los peñascos eran sabios:
sabían el número de estrellas,
los cantos del universo.

Llegó un tiempo
los obligaron a callar
y se volvieron piedras.

Llegará otro día,
retomarán su voz.

Habrá terremotos:
kab'raqan, kab'raqan, kab'raqan.

Tempestades:
kaqulja, kaqulja, kaqulja…

Tendrás que oírlos.

Crags

The crags were wise:
they knew how many stars there were,
the songs of the universe.

A time came when
they were made to fall silent
and turned to stone.

Another day will come,
their voice will return.

There will be earthquakes:
kab'raqan, kab'raqan, kab'raqan.

Storms:
kaqulja, kaqulja, kaqulja…

You'll have to hear them.

El rostro del viento

El rostro del viento
traía la palidez del miedo
y se desplomó contra la pared
del fondo de la casa.

—¿Cuál es tu mensaje?
—le preguntó la abuela.

—El aguacero es fuerte —dijo—
y en la cumbre

el río perdió sus señas,
ahora viene arrastrando
todo lo que encuentra
en su camino.

El viento siguió corriendo
con la misma voz
por las asustadas calles
del pueblo, que atardecía.

The Face of the Wind

The face of the wind
brought the pallor of fear
and plummeted against the wall
at the back of the house.

"What message do you bring?"
asked the grandmother.

"The downpour is strong," it said,
"and in the heights

the river has lost its bearings
and now is sweeping away
everything it finds
in its path."

The wind ran along
with the same voice
through the startled streets
of the village, where dusk was falling.

Al caer la noche
As Evening Falls

Ombligo

El sol
es el ombligo del día.

La luna,
el de la noche.

Navel

The sun
is the navel of day.

The moon,
that of the night.

La luna

La luna
triste en su soledad,
no obstante vivir
entre estrellas,
hamaqueándose en el cielo,
desea
desesperadamente
estar en la tierra.

Se acuesta en el fondo
de cualquier charco.

The Moon

The moon
sad in her solitude,
despite living
among stars,
swaying in her hammock in the sky,
wants
desperately
to be on the earth.

She lies down at the bottom
of any puddle.

La abuela

La noche comienza
cuando la luna
—abuela de los pueblos—
sale con su candela de cal
a iluminar el silencio.

La oscuridad
se esconde entre los barrancos,
los pajaritos
enrollan sus cantos
y los árboles
se acuestan sobre sus sombras.

La abuela
con su desvelo de siglos
se hunde
en los ojos de la noche.

The Grandmother

Night begins
when the moon
—grandmother of villages—
goes out with her limestone candle
to light up the silence.

Darkness
hides among the ravines,
small birds
roll up their songs
and the trees
lie down on their shadows.

The grandmother
with her sleepless centuries
sinks into
the eyes of night.

Las estrellas

Remiendos en las rodillas
y en las nalgas del pantalón
—desnuda y rota el alma—,

encaramado sobre el tapexco
de un güisquilar.

En aquel tiempo,
cuando el cielo
no estaba lejísimos como ahora,

yo cortaba estrellas

y me las comía.

The Stars

Patches on the knees
and back of my pants
—bare and broken my soul—

perched on the bed
of a chayote vine.

In those days,
when the sky
wasn't so far away as now,

I used to cut off stars

and eat them.

Noche lunada

Aquella noche lunada
el coyote apareció
sobre la loma desnuda.

Parecía como si viniera
saliendo del cielo
o como si la loma
lo estuviera pariendo.

Llegó a la orilla del río
y bebió agua

y aulló:
auuuuuu… auuuuuu…

Moonlit Night

That moonlit night
a coyote appeared
on the naked hill.

It was as if it were coming
out of the sky
or as if the hill
were giving it birth.

It went to the riverbank
and drank water

and howled:
auuuuuu… auuuuuu…

Murciélagos

Cuando la aldea está de pie
los murciélagos están de cabeza;
cuando la aldea está de cabeza
los murciélagos están de pie.

Ellos esperan la oscuridad
para ver su camino.

Bats

When the village is on its feet
the bats are upside-down;
when the village is upside-down
the bats are on their feet.

They wait for darkness
so they can see their way.

Oscuridad

Los murciélagos
esconden la oscuridad
debajo de sus alas;

los tecolotes,
detrás de sus ojos.

Darkness

The bats
hide the darkness
beneath their wings;

the owls,
behind their eyes.

La música de la marimba

La música de la marimba
arde sobre el brasero
de nuestras fiestas
y dura
hasta que el sol
apaga la noche.

The Music of the Marimba

The music of the marimba
burns on the grill
of our fiestas
and lasts
till the sun
puts out the night.

Adentro estamos
a salvo

It's Safe Indoors

Cuando entra la noche

Allá en el monte

cuando entra la noche
—para no sentir miedo—
los muchachitos
apachan los ojos

encienden la lucecita
que hay detrás de sus párpados
y duermen contentos.

Comienzan a mirar
dentro del sueño
y se ríen
como si estuvieran despiertos.

When Night Comes In

Out there in the woods

when night comes in
—so as not to be afraid—
little boys
squeeze their eyes shut

striking up a little light
at the back of their eyelids
and sleep happily.

They begin to look
inside of sleep
and laugh
as if they were awake.

En la poza

En la poza
había muchas estrellas;
le pedí a mi papá
que las sacara.

Él removió el agua
y gota a gota
las puso en mis manos.

Al amanecer
yo quería saber si en verdad
las había sacado.

Y era cierto, en la poza
ya solo estaba el cielo.

In the Puddle

In the puddle
there were many stars;
I asked my father
to take them out.

He stirred the water
and drop by drop
he placed them in my hands.

At dawn
I wanted to know if he had
truly taken them out.

And it was true: in the puddle
there was only sky.

Era una bolona

Yo jugué con la luna
cuando era chiquito.

Me encaramaba
sobre el árbol más alto
y la bajaba del cielo.

Era una bolona,
saltaba de poza en poza
y de charco en charco.

Yo me dormía
y ella
se guardaba sola.

It Was a Marble

I played with the moon
when I was little.

I would climb up
the highest tree
and bring her down from the sky.

She was a marble,
and jumped from puddle to puddle
from pool to pool.

I'd go to sleep
and she
put herself away.

Amanecer

No amanecía…

Cantaban gallos.
¿Adónde se habrá ido el sol?

Yo lloraba,
los gallos seguían cantando
y no amanecía.

"Tal vez el sol se arrepintió
y hoy no va a haber día".

—Dormite— me dijo mi mamá.

—¿Por qué cantan los gallos
y no amanecen?

—Porque mañana
amanecerá nublado.

La noche era joven
y yo era chiquito.

Dawn

The dawn wasn't breaking…

The roosters were crowing.
Where could the sun have gone?

I was crying,
the roosters went on crowing
and there was no dawn.

"Maybe the sun changed its mind
and this time there won't be any day."

"Go back to sleep," my mother told me.

"Why are the roosters crowing
without getting up?"

"Because tomorrow
dawn will be cloudy."

The night was young
and I was little.

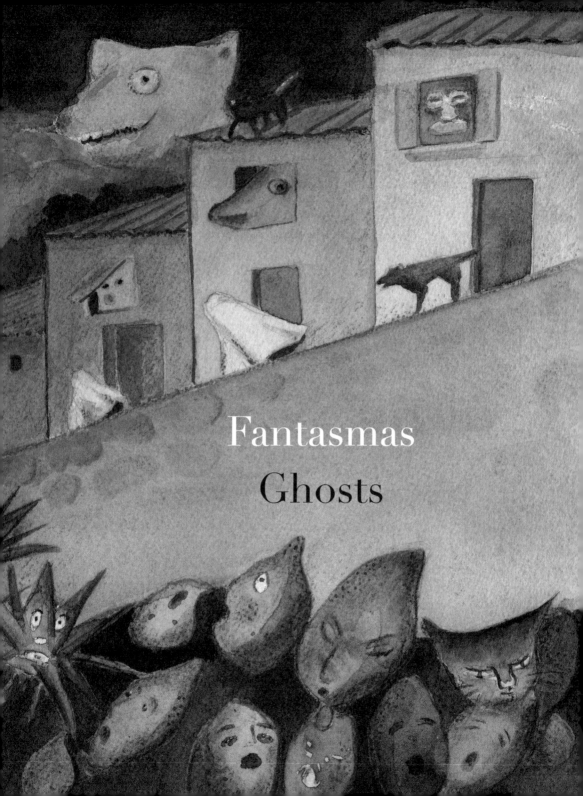

Fantasmas

Ghosts

Lloradera

Era una lloradera imparable.

¿Qué tendrá?

"Ojo le dieron,
alguno lo deseó en la calle
—dijo la viejita—.
Hay que curarlo".

Hojas de ruda
y un trago de guaro.

Mientras se lo soba
por la carita y el pecho
regaña a la mala sombra:

"Salí, salí,
dejá de joder al muchachito.
¡Ah, ah, ah!
¡Ojalá, ojalá, ojalá!
Jat, jat, jat, andate, andate…"

Le sopla una bocanada de guaro
en la rabadilla.

Echa las hojas en el brasero:
si al quemarse truenan,

¡es que era ojo!

Crying Fit

The crying wouldn't stop.

What was wrong with him?

"They gave him the evil eye:
someone on the street wanted
    him,"
said the old woman.
"We've got to cure him."

Bitter leaves of rue
and a shot of rum.

While she massaged
his little face and chest
she scolded the evil shadow:

"Get out, get out,
stop bugging the little kid.
Ah, ah, ah!
I hope, I hope, I hope!
Go on, go on, go on, clear out,
    clear out…"

She blew a mouthful of rum
onto his tailbone.

She threw the leaves into the fire:
if they popped as they burned,

it would be the evil eye!

Si hablaran…

¿Por qué aúllan los chuchos?

En las noches
pasan espíritus,
se oyen ruidos,
voces,
llantos,
se mueven sombras,
caminan árboles,
en fin… en fin…

Si los chuchos hablaran

a saber qué cosas
nos contarían.

If They Could Speak

Why do street dogs howl?

At night
spirits go by,
noises,
voices,
sobs are heard,
shadows move,
trees walk around,
and… and…

If street dogs could speak

who knows what things
they would tell us.

De que hay, hay

Dejémonos de babosadas:

de que hay espantos,
¡los hay!

Un pueblo sin espantos
no es un pueblo de a de veras.

Pero
los espantos
tienen que ser meros.

Of What There Is, There Is

Let's cut the nonsense

as to whether there are ghosts:
There are!

A village without ghosts
isn't a true village.

But
the ghosts
have to be real ones.

Lugares oscuros

Los espantos
buscan lugares oscuros
para esconderse.

Hacen travesuras:
juegan con piedrecitas,
ríen, silban, tocan puertas;

o se aparecen
como bultos negros
saltando por la casa.

Las abuelas
no les tienen miedo,
los chicotean
con ramas de arrayán
y queman incienso
para que se ahoguen.

Los espantos
salen llorando.

Dark Places

Ghosts
look for dark places
to hide in.

They play pranks:
toy with little stones,
laugh, whistle, knock on doors;

or appear
as black shapes
jumping about the house.

Grandmothers
aren't afraid of them,
they whip them
with branches of myrtle
and burn incense
so they choke.

The ghosts
go off crying.

El espanto

En la poza
rodeada de flores blancas,
a la mitad de la noche,
un espanto se bañaba.

Cierta vez no llegó,

creímos que se había muerto.

The Ghost

In the river's pool
surrounded by white flowers,
in the middle of the night,
a ghost used to bathe.

One time it didn't come,

we thought it had died.

Y nada

Las puertas estaban cerradas,
la ventanita también.

¿Por dónde entró?
A saber.

Pero de que entró, entró.

Encendimos el candil y nada.

Sentíamos su presencia
y nos daba miedo
la butaca vacía.

El espanto se rió.

Then Nothing

The doors were shut,
the little window too.

Where did it get in?
Who knows.

But as to did it get in, it did.

We lit the oil lamp, then nothing.

We could feel its presence
and we were afraid
of the empty armchair.

The ghost laughed.

La puerta del espanto

El viento abrió la puerta
y la oscuridad
empujó al espanto.

La imagen de esa noche
y el grito
me vienen siguiendo
desde que yo tenía
cuatro años.

Lo recuerdo muy bien.

El perro nunca más
volvió a ladrar.

The Ghost's Door

The wind opened the door
and the darkness
pushed in the ghost.

The image of that night
and the scream
have followed me
ever since I was
four years old.

I remember it well.

The dog never
barked again.

Mal espíritu

El gato aparecía
por las noches.

¡Asustaba!

Se reía,
se carcajeaba.

Ese gato no decía "miau".

Levantaba una de sus patitas delanteras
y decía adiós…

Era un mal espíritu,
un espanto.

Evil Spirit

The cat would appear
at night.

It was scary!

It would laugh,
it would guffaw.

That cat didn't say "meow."

It would lift a front paw
and say good-bye…

It was an evil spirit,
a ghost.

Vivir y morir
Living and Dying

Camposanto

Camposanto de flores,
flores de muerto,
arcos de ciprés.
Ramas de pino,
coronas.

Es día de difuntos.

—Te traje atolito con kuchum
—le hablan a la tumba
se le ofrece en una jícara
y el muerto bebe.

—También te traje ayote en dulce
—se lo sirven en una escudilla
y el muerto come.

—Tomate un trago
—y el muerto toma.

—¿Te acordás de este son?
—la marimbita riega su llanto
y el muerto baila.

—Tomate otro trago.

La tarde
no soporta más el peso del día
y cae detrás del cerro de Chojoyam.

Los muertos vuelven a su sueño
y los vivos a su desvelo.

Cemetery

Cemetery of flowers,
flowers of the dead,
arches of cypress trees.
Branches of pine,
wreaths.

It's the Day of the Dead.

"I've brought you a bit of corn
    drink with toasted pumpkin
    seeds,"
they say to the tomb,
it's offered in a gourd
and the dead person drinks.

"I've also brought you squash
    sweets,"
they serve them in a bowl
and the dead person eats.

"Take a shot of rum,"
and the dead person drinks.

"Do you remember this song?"
the marimba sprinkles its tears
and the dead person dances.

"Have another drink."

The afternoon
no longer bears the weight of day
and falls behind Mount Chojoyam.

The dead return to their sleep
and the living to their sleeplessness.

Perfume

El perfume de las flores
en los cementerios
es la comida
de los muertos.

Scent

The scent of the flowers
in the cemeteries
is the food
of the dead.

En lengua k'iche'

En lengua k'iche'
no decimos adiós

sino katinch'ab'ej chik
(volveré a hablarte).

In the K'iche' Language

In the K'iche' language
we don't say good-bye

but katinch'ab'ej chik
(I'll talk to you again).

500 años

500 Years

500 años

No es que los indígenas
estemos viejos;
es el peso de la pobreza,
de la indiferencia,
de la injusticia,
lo que nos avejenta.

Y esto data
de un poco más allá
de 500 años.

500 Years

It's not that we Indigenous people
are old;
it's the weight of poverty,
of indifference,
of injustice,
that makes us age.

And this goes back
a little farther than
500 years.

Dolor

Me duele,
me duele
la miseria,
la pobreza.

Cómo quisiera ser
un pedazo de trapo

y servir aunque sea
de remiendo.

Pain

Misery,
poverty,
they hurt,
they hurt.

How I'd like to be
a piece of rag

and be useful even as
a patch.

Paraíso

Aquí era el paraíso.

Maíz, trigo, frijol,
no había fruto prohibido,
las culebras eran mudas.

Je'lik ch'umil y Kowilaj che'
hacían el amor sobre la hierba
y se cubrían con el cielo.

Hasta que hablaron
las serpientes,

prohibieron los frutos
y se repartieron entre sí
el paraíso.

Paradise

Here was paradise.

Corn, wheat, beans,
there was no forbidden fruit,
the snakes were mute.

Je'lik ch'umil and Kowilaj che'
made love on the grass
and covered themselves with sky.

Until the serpents
spoke,

forbade the fruit
and divided paradise
among themselves.

Agujeros

A mi ropa
le cuelgan
algunos agujeros.

Por ellos se cuela
el frío de la pobreza.

Holes

My clothes
have a few holes
hanging on them.

That's where the cold of poverty
sneaks in.

El cordero

El cordero estaba herido,
la pastorcita
lo tomó entre sus brazos;

se sentaron
al lado de una piedra;

ella comenzó a lamerle
la herida
y el cordero lloraba.

The Lamb

The lamb was injured,
the little shepherdess
picked it up in her arms;

they sat down
next to a rock;

she began to lick
its wound
and the lamb cried.

Humberto Ak'abal nació en el pueblo maya k'iche' de Momostenango, Guatemala en 1952. Abandonó el colegio a los doce años, pero siempre fue un gran lector. Trabajó como tejedor de ponchos (una de las actividades que han hecho famoso a Momostenango), pastor y barrendero. Luego, en la Ciudad de Guatemala, trabajó como obrero confeccionista en una maquila, fábrica de confección extranjera cuyos trabajadores no están amparador por las leyes laborales locales. A los treinta y ocho años publicó su primer libro de poesía. Decía que primero creaba sus poemas en k'iche', y después los traducía al español. Ak'abal es reconocido mundialmente como uno de los grandes poetas de lengua hispana y uno de los más grandes poetas indígenas de América. Escribió más de veinticinco libros. Sus textos estaban dirigidos a adultos, pero muchos de sus poemas son ideales para niños.

Murió en enero de 2019. Lo sobreviven su viuda, Mayulí Bieri, y su hijo Nakil Ak'abal Bieri.

SELECCIÓN DE RECONOCIMIENTOS:

1995 Diploma Emeritissimum por la Facultad de Humanidades de la Universidad de San Carlos de Guatemala.

1997 Premio Internacional de Poesía Blaise Cendrars de Neuchâtel, Suiza.

1998 Premio Continental "Canto de América", UNESCO, México.

2004 Premio Internacional de Poesía "Pier Paolo Pasolini", Roma, Italia.

2005 Condecoración "Chevalier de l'Ordre des Arts et des Lettres", Ministerio de Cultura, Francia.

2006 Fellowship John Simon Guggenheim Memorial Foundation, Nueva York, USA.

Amelia Lau Carling nació y se crio en Guatemala. La tienda de sus padres vendía el hilo que utilizaban muchos tejedores mayas en su extraordinario trabajo. Así, desde temprana edad, estuvo en constante contacto con la cultura y los creadores mayas. Es autora e ilustradora de los reconocidos libros– *Alfombras de aserrín* y *La tienda de mamá y papá* –ganador de los premios Américas Award y el Pura Belpré Award para ilustración– es también la ilustradora de muchos otros libros. Aunque ahora vive en los Estados Unidos, regresa a Guatemala con frecuencia. En uno de sus viajes visitó a Ak'abal en su pueblo natal de Momostenango. Viajó extensamente por el área k'iche', en el altiplano de Guatemala, antes de hacer las ilustraciones en acuarela y lápiz de este libro, que también se publicaron en las colecciones de poesía de Ak'abal de la editorial Piedra Santa.

Hugh Hazelton es un escritor y traductor especializado en la relación de las literaturas del Canadá inglés y de Quebec, con las de América Latina, así como en la obra de autores hispano-canadienses. Es autor de cuatro poemarios y ha traducido más de veinte obras de ficción y poesía del español, francés y portugués al inglés. Su traducción de *Vétiver*, un libro de poemas de Joël Des Rosiers, ganó el premio "Gobernador General a la traducción" (francés al inglés) en 2006. Es profesor emérito de español en la Universidad Concordia en Montreal y fue codirector del Centro Internacional de Traducción Literaria de Banff. En 2016 le fue otorgado el "Premio Linda Gaboriau" por su trabajo en favor de la traducción literaria en Canadá.

Patricia Aldana nació y se crio en Guatemala. Llegó a Canadá ya adulta y fundó la editorial Groundwood Books, de la que fue editora durante treinta y cinco años. Actualmente es editora de Aldana Libros.

Humberto Ak'abal was born in the Maya K'iche' village Momostenango in Guatemala in 1952. He left school at twelve but was always a great reader. He worked as a blanket weaver (one of the activities for which Momostenango is renowned), a shepherd, a sweeper, then a garment maker in a maquila (a foreign-owned factory whose workers are exempt from local labor laws) in Guatemala City. When he was thirty-eight, he published his first book of poetry. He said that he created his poems first in K'iche', then translated them into Spanish. Ak'abal is famous worldwide as one of the great contemporary poets in the Spanish language and one of the greatest Indigenous poets of the Americas, having written over twenty-five books. He wrote for adults, but a number of his poems are perfectly suited for children.

He died in January 2019, leaving his widow, Mayulí Bieri, and son Nakil Ak'abal Bieri.

SELECTED AWARDS:

1995 Diploma Emeritissimum from the Facultad de Humanidades of the Universidad de San Carlos de Guatemala.

1997 Le prix Blaise Cendrars Neuchâtel, Switzerland.

1998 Continental Poetry Prize Canto de América, UNESCO, Mexico.

2004 International Poetry Prize Pier Paolo Pasolini, Rome, Italy.

2005 Chevalier de l'Ordre des Arts et des Lettres, Minister of Culture, France.

2006 Fellowship, John Simon Guggenheim Memorial Foundation, New York, USA.

Amelia Lau Carling was born and brought up in Guatemala. Her parents' store sold the thread used by many Maya weavers in their extraordinary work. She was, therefore, in constant contact with Maya culture and creators from an early age. She is the author-illustrator of the celebrated books *Alfombras de Aserrín (Sawdust Carpets)* and *La tienda de Mamá y Papá (Mama and Papa Have a Store)* — winner of the Américas Award and the Pura Belpré Award for Illustration — and the illustrator of numerous other books. Though she now lives in the United States, she returns to Guatemala frequently and was able to visit Ak'abal in his hometown of Momostenango. She traveled extensively through the K'iche' area, in Guatemala's highlands, before making these illustrations in watercolor and pencil. They are also published in Editorial Piedra Santa's collections of Ak'abal's poetry.

Hugh Hazelton is a Montreal writer and translator who specializes in the comparison of Canadian and Quebec literatures with those of Latin America, as well as in the work of Hispanic Canadian writers. He has written four books of poetry and translated over twenty works of fiction and poetry from Spanish, French and Portuguese into English. His translation of *Vétiver*, a book of poems by Joël Des Rosiers, won the Governor General's Award for Translation (French to English) in 2006. He is a professor emeritus of Spanish at Concordia University in Montreal and past co-director of the Banff International Literary Translation Centre. In 2016 he was awarded the Linda Gaboriau Prize for his work on behalf of literary translation in Canada.

Patricia Aldana was born and brought up in Guatemala. She came to Canada as an adult and founded Groundwood Books of which she was the publisher for thirty-five years. She is now the publisher of Aldana Libros.